TEXTE : GILBERT DELAHAYE
IMAGES : MARCEL MARLIER



# martine
## a une étrange voisine

casterman

A côté de chez Martine habite une sorcière.
— Elle s'appelle Cyclamen Citrouille, dit Nicole.
Cyclamen Citrouille a des cheveux jaunes avec une mèche orange et elle se met du vert avec du rouge sur les yeux.
Elle a deux chats noirs.
Elle n'a pas peur des crapauds.
Elle mange de la soupe d'orties.
Elle parle toute seule dans la rue.
La maman de Nicole a des verrues sur les mains depuis qu'elles se sont disputées pour une histoire de panier à linge.
Quand elle écoute son amie lui raconter tout cela, le soir au jardin, Martine a des frissons dans le dos. Et des cauchemars la nuit. D'autant plus que Moustache a disparu depuis deux jours.

Pour Nicole il n'existe qu'une
coupable possible :
Cyclamen Citrouille !
— On n'a qu'à aller voir chez
elle demain ! Il suffira de sauter
le mur de son jardin.
Martine pense qu'elle a raison.
Pourtant elle est un peu
embêtée d'entrer ainsi
chez les gens.
— Il faut bien retrouver
Moustache ! dit Nicole.

Le lendemain les petites filles s'approchent de la maison voisine en se cachant sous les buissons.

La sorcière est-elle chez elle ? Est-elle sortie ? Elles ne l'ont ni vue, ni entendue.

— D'habitude à cette heure-ci elle n'est pas là...

En plus la porte de bois vermoulu du jardin
est ouverte.
Elles n'ont même pas besoin de sauter le mur.

Bien entendu elles ont peur mais elles se forcent à avancer jusqu'à la maison.
Elles écrasent leur nez contre les fenêtres, personne ... et, sur le côté, la véranda est ouverte aussi.

— Allons-y...
Leurs jambes tremblent.

A l'intérieur un perroquet
bleu les observe d'un
œil narquois.
Heureusement ce n'est pas
un vrai perroquet,
il est empaillé.

— Berk ! le couloir sent mauvais...

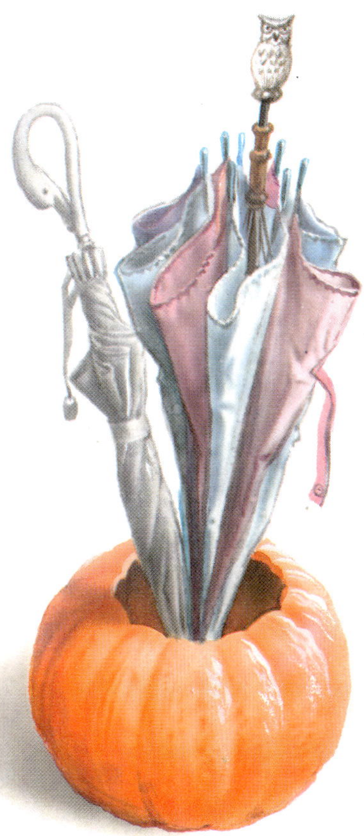

Dans la salle d'eau,
elles perçoivent une forme
verte au fond de la baignoire ;
ça pourrait être un crocodile
mais c'est seulement
une serviette tombée du fil.
— Ho !...
Des pantoufles derrière
le rideau de la douche !
Y a-t-il quelqu'un ?
Non, les pantoufles sont vides,
abandonnées là par hasard.

— Moustache !... Moustache !...
Les deux matous noirs, endormis sur un coussin du séjour, ouvrent un œil puis le referment aussitôt.

Plus loin elles découvrent une petite pièce
avec une glace, plein de produits
de maquillage et un mannequin d'osier.
— Moustache !...
Martine entraîne Nicole vers la cuisine.

— Je me demande ce qu'il y a là-dedans, dit Nicole en soulevant le couvercle d'un gros chaudron de cuivre.
Cyclamen Citrouille n'aurait quand même pas mis Moustache dans sa soupe ?

Le chaudron est à moitié plein d'une chose verdâtre et grise.
Un potage de poireaux très cuit ?
Des épinards moisis ?
Les enfants sont sûres qu'il s'agit plutôt d'une recette de sorcière.
Un mélange affreux capable de vous transformer en chauve-souris, en fourmi, en mouche ou en araignée.
De faire tomber vos cheveux et grandir vos pieds.
De vous couvrir de boutons.

Et, juste à ce moment, une ombre inquiétante
surgit devant elles.
Horreur ! Elles n'ont rien entendu et Cyclamen
Citrouille est déjà de retour !
Leurs cheveux se dressent sur leur tête.
Elles ont envie de pleurer.
— Pardonnez-nous Madame,
nous cherchons mon chat,
explique Martine poliment.
— Superlimouche ! crie Cyclamen
d'une voix terrible. J'ai envie
de vous faire pousser quatre oreilles
ou un gros nez rouge !
— Pas ça ! S'il vous plaît, pas ça !
supplie Nicole.

— Pardonnez-nous Madame,
répète Martine.
Cyclamen Citrouille attrape
Martine par la manche
et Nicole en profite
pour sauter
par la fenêtre ouverte.

— Scoubibouchi ! Qu'est-ce que c'est que ces filles ? Elles entrent chez les gens, fouillent partout, sortent par la fenêtre ... et, en plus, elles pensent que je suis une sorcière !
Sans lâcher Martine, de sa main libre, Cyclamen a plongé une cuiller dans le chaudron ouvert et maintenant elle la tend, pleine de la chose verdâtre :
— Goûte-moi cela ! ordonne-t-elle.
— Merci beaucoup mais je n'ai pas faim, répond la petite fille qui n'aime pas trop les poireaux ni les épinards.

— Avale d'un coup sinon je te transforme en grenouille pour trois jours et trois nuits !
Martine a une boule dans la gorge. Pourtant elle a le courage d'obéir...
La «chose» a le goût de la confiture de reines-claudes. Elle est même bonne...

Cyclamen Citrouille éclate de rire :
— Tu crois qu'une vraie sorcière saurait faire une confiture pareille ? questionne-t-elle.
— Parce que ... parce que vous n'êtes pas une vraie sorcière ? murmure Martine.
— Bien sûr que non ! Suis-moi un peu par ici... Elle l'entraîne dans la petite pièce voisine et déroule une affiche sur laquelle il y a son portrait tout craché. Sous le portrait, il est écrit en grosses lettres :
«CYCLAMEN CITROUILLE,
LA SORCIERE PREFEREE DES ENFANTS. UN SPECTACLE A NE PAS MANQUER»

Brusquement Martine comprend la vérité. Elle a envie de rire. Cyclamen Citrouille est une comédienne, elle joue du théâtre !
D'ailleurs elle est en train de lui expliquer :
— Tu vois petite, pour que je me sente à l'aise dans le rôle il faut que je l'apprenne dans la vie... Tu veux bien qu'on soit amies maintenant que tu sais tout ? Tu n'as plus peur de moi ?
Martine sourit et fait non-non de la tête. C'est vrai, elle n'a plus peur.
Alors Cyclamen Citrouille sourit aussi :
— Emporte donc deux pots de confiture, dit-elle. Un pour ta maman. Un pour ton amie Nicole. Et ce soir je vous invite à voir ma pièce.
Martine remercie puis elle sort, très contente.

Nicole l'attend dehors :
— Moustache est revenu ! annonce-t-elle. Il était chez...
Elle s'interrompt brusquement en ouvrant des yeux ronds :
— La sorcière t'a donné des confitures ?
Martine rit :
— Ce n'est pas une vraie sorcière, dit-elle. Je vais t'expliquer ...
et la prochaine fois tu attendras avant d'accuser les gens de faire pousser des verrues sur les mains de ta maman.
Puis elle se baisse pour caresser Moustache qui ne se doute guère de l'histoire que les deux petites filles viennent de vivre à cause de lui.

Imprimé en Belgique par Casterman, s.a., Tournai. Dépôt légal: octobre 1989; D. 1989/0053/151.
Déposé au Ministère de la Justice, Paris (loi n° 49.956 du 16 juillet 1949 sur les publications destinées à la jeunesse).